Emoccionado

CB126644

LUCAS LUCCO

Emoccionado

Planeta

Copyright © Lucas Lucco, 2025
Copyright © Editora Planeta do Brasil, 2025
Todos os direitos reservados.

Preparação: Elisa Martins
Revisão: Tamiris Sene
Produção literária: Gustavo Tait
Diagramação: Negrito Produção Editorial
Capa: Igor Almeida Pereira
Fotografia de capa: Henrique de Paiva Resende

DADOS INTERNACIONAIS DE CATALOGAÇÃO NA PUBLICAÇÃO (CIP)
ANGÉLICA ILACQUA CRB-8/7057

Lucco, Lucas
Emoccionado / Lucas Lucco. – São Paulo : Planeta do Brasil, 2025.
112 p.

ISBN 978-85-422-3921-8

1. Poesia brasileira I. Título

25-4520 CDD B869.1

Índices para catálogo sistemático:
1. Poesia brasileira

MISTO
Papel | Apoiando o manejo florestal responsável
FSC® C112738
FSC www.fsc.org

Ao escolher este livro, você está apoiando o manejo responsável das florestas do mundo

2025
Todos os direitos desta edição reservados à
Editora Planeta do Brasil Ltda.
Rua Bela Cintra, 986, 4º andar – Consolação
São Paulo – SP – 01415-002
www.planetadelivros.com.br
faleconosco@editoraplaneta.com.br

O que não virou música, virou poema.
O que não consegui dizer, eu escrevi.
Estes textos são meus pedaços mais intensos e honestos,
que eu não quis deixar espalhados por aí.
O que senti em silêncio, resumido em palavras barulhentas,
e eu só quis dividir.

Não escrevi pra impressionar.
Escrevi pra entender, pra aliviar, pra sobreviver
E, quando percebi...
Virou livro.
O motivo tá escrito na minha testa.
Eu sou muito Emoccionado.

LUCAS LUCCO

As paredes que construímos,
outros vão mudar de cor
O teto que a gente olhava antes de dormir
já tá abrigando outro amor
Naquele chão que eu pisei devagar pra não te acordar,
uma criança que não é nossa caiu algumas vezes e
finalmente andou
O som que a gente costumava colocar pra tocar
naquela sala
outro casal tem ouvido, mas ainda não dançou
O que já foi nosso vai ficar pra quem nem conhecemos
no final
Isso inclui você,
que tava no mesmo barco e abandonou
E isso inclui a mim,
agora, casa de aluguel por temporada,
que já foi o lar que você morou

Me ouça lendo

Se te emociona, escreve:

Tentar fazer alguém feliz,
mesmo que a tarefa não seja mais sua
Rezar pelo bem de quem a gente ama,
mesmo que o futuro dela não te inclua
Se preocupar com quem tá longe
enquanto a vida continua
Tudo isso eu resumi num
"Fica com Deus, se cuida"

Me ouça lendo

Se te emociona, escreve:

Um venceDOR
é uma criança que se permitiu
Um adolescente que insistiu
Um adulto que não desistiu
Um ser humano que não apenas existiu
Sentiu.

Se te emociona, escreve:

Seguir apesar de tudo

É o famoso "Morreu, mas passa bem"

Se te emociona, escreve:

Vamos em frente

Vamos. Enfrente!

Siga. Em frente!

Enfrente.

Frente a frente

Se te emociona, escreve:

Sei que cê ainda
lembra de mim
Nessas sextas que cê num sai,
naqueles poucos segundos
que cê se distrai
No curto intervalo
entre a chegada do sono
e o adormecer
Sei que ainda se pergunta o que podia ter sido
Depois, busca fundo um respiro,
volta e lembra do que ia fazer
Sei que ainda vivo nas entrelinhas:
eu na sua mente e você na minha,
esperando o mínimo descuido
pra aparecer

Me ouça lendo

Se te emociona, escreve:

Eu tenho escondido a saudade atrás destas palavras que
escrevo pra você ler
E eu sei esconder muito bem meus sentimentos
Tão bem, que já comecei este poema me confessando.
E foi por querer.

Se te emociona, escreve:

É, queria que você fosse meu “É Ela”,
Pra que eu pudesse ser seu “É Ele”
Pois É...

Se te emociona, escreve:

“Em que lugar você queria estar?”
Não respondi,
só me perguntei:
“Onde é que você foi parar?”

Se te emociona, escreve:

É mais fácil sentir raiva que saudade, né?
Eu me agarrei a qualquer sentimento
Qualquer um que conseguisse me manter de pé
Eu falei mal de você pra mim
Menti pra amigos, falei que nem tenho mais fé
Ensaiei sorrisos no espelho,
tipo quem finge ser o que não é
Distância de você é uma lição
Lição dolorida,
mil vezes pior que, sei lá,
queimar a língua com café
Sinto que rimei até onde consegui
Me esforcei tanto,
e o destino me deu olé
Era pra ser você
o poema mais lindo
que eu já escrevi
Chegou o fim antes da hora
Tô usando qualquer palavra
porque não encontrei nada
que rime com "é".

Me ouça lendo

Se te emociona, escreve:

Você me amou mesmo "inamável"
Você estava e eu "instava", instável
Você evitou e era inevitável
Você estava quando eu
Você estava quando nós
Você esteve
Você teve
E eu tive
que te deixar ir

Se te emociona, escreve:

Oi.

É você?

É. É você

Sempre foi você

Ainda é você

Você ainda é?

Oi?

Se te emociona, escreve:

Me deu o céu e
eu
fui
caindo
sem
perceber
que
estava
sem
paraquedas
Beijei o chão

Se te emociona, escreve:

Desistir

DE - SIS - TIR - DE SIS TIR
DEIXAR DE EXISTIR

É O QUE ESTAVA ARQUITETADO E NÃO SAIU DO PAPEL
O PLANO MAL EXECUTADO
É O QUE PODERIA SER
É UM GPS ligado com 1% de bateria
Você vai se perder. Isso é um fato.
Se perder...
Aceitar perder
Deixar ir
é perder-se
É um sinto muito...
Por alguém que já foi embora
antes mesmo de ser uma ausência
É um vazio. Dentro de outro vazio.
E só.

Se te emociona, escreve:

RECEITA pra entender que, quando o coração quebra, a gente não serve pra ninguém.

Ingredientes:
Eu
Aquela pessoa
1 coração inteiro

Modo de preparo:
Parta o coração em 2
Não faça nada a gosto
Não leve ao fogo
Não leve à mesa
Este prato serve para 0 pessoas

Se te emociona, escreve:

Era pra gente ser livre,
mas a liberdade tem nos aprisionado
Era pra gente ser mais real,
mas isso hoje é ser emocionado

É a era do "parecer"
Parecer desapegado
Parecer muito ocupado
Parecer não ser escravo
do dormir, acordar e fingir ser

O "ter" é mais valorizado
Se aconteceu, tem que tá filmado
Se você é,
tem que dá pra ver

Se te emociona, escreve:

Fazer boas escolhas também dói
Porque elas vão te tirar de lugares
que você não quer sair
Vão te distanciar de
quem já te fez sorrir
Elas vão te afogar pra depois
te fazer emergir
Boas escolhas também vão te destruir,
pra que você não tenha outra escolha
a não ser se reconstruir

Me ouça lendo

Se te emociona, escreve:

Tô indo à louCURA
Porque eu sei que é lá que você tá
Casa 3 na rua Cura
Eu tô indo pra morar

Se te emociona, escreve:

Amadurecer inclui se retirar
Só que é difícil acreditar
que seremos dois estranhos daqui pra frente
Loucura
Até esses dias você era a cura
Agora, "minha terapeuta que aguente"

Foda.
Tô cansado da rua
De conhecer pessoas diferentes
em busca de qualidades que são suas
em outro corpo, outra mente
"Que signo é o seu?"
As perguntas de sempre

"Eu podia muito bem dividir
os versos deste poema em 3
e colocar cada um
sem uma página diferente"

...

Isso foi meu TDAH
Muda de assunto de repente

...

Pronto.

Cê volta e invade meu poema
novamente
É, minha terapeuta que aguente...

Se te emociona, escreve:

Ando falando de você pro meu ChatGPT
Ele disse que se fosse humano por um dia
também se apaixonaria por você

Se te emociona, escreve:

Prometi pra mim mesmo
que este é o último poema que eu escrevo pra você
É um último suspiro
Depois não vai ter mais o que ler
Vai me faltar um tema
Sobre o que eu vou escrever?
Talvez um livro de autoajuda:
“SEM dicas pra quem quer esquecer”

Se te emociona, escreve:

Eu tô escrevendo em um papel
as metas mais difíceis de serem atingidas.
Vamos mirar alto? Muito alto?
Eu vou continuar lutando por mim. Até depois do fim!!!
Só assim eu poderei abençoar cada vez mais a quem eu amo e aos que precisam.
Este ano eu vou me mudar de novo, lá pra perto da casa de JESUS.
Porque, além de deixar tudo mais leve, ele tem interesse e se envolve 100% comigo em meus projetos. Teve um tempo em que eu mudei de cidade e só falava com ELE por WhatsApp.
Ele me mandou um áudio ontem dizendo assim:
"Filho, você pode ser TUDO que você quer ser. Você tem todas as ferramentas necessárias.
EU SEI, porque fui EU mesmo quem as fabriquei e te dei.
Você precisa voltar a morar aqui do lado.
Você não vai conseguir fazer isso se eu não estiver do seu lado pra te ajudar.
Para de ser orgulhoso. Eu sou seu Pai.
Já viu Pai ficar feliz vendo filho passar dificuldade?
Vamos continuar? Você coloca os tijolos e EU vou 'concretizando' tudo.
Como nos 'velhos' tempos.
Volta pra essa casa que você deixou com a placa de 'vende-se'.
Volta a morar aqui.
Ninguém tomou o seu lugar.
Pode voltar, Lucas. Pode voltar.
Grande abraço. Vou entrar numa chamada de vídeo aqui..."

Se te emociona, escreve:

INFELIZMENTE OU FELIZMENTE, aquele dinheiro que você tá esperando pode não chegar agora.
Aquele amor que foi embora pode nunca mais voltar.
O ano pode ser metade bom e metade ruim.
Mas também pode ser muito, muito incrível ou propositalmente péssimo.
Difícil acreditar que de uma forma ou de outra tudo que nos acontece é bom.
Até mesmo as feridas colecionadas pelo caminho.
Acreditar que todas as direções apontam pra um mesmo lugar:
Engrandecimento da alma;
Silenciamento do EGO traiçoeiro;
Amadurecimento emocional;
Fortalecimento e resiliência espiritual.

Coragem!
Qualquer que seja a porta aberta, não tenha medo de olhar o que tem dentro.
Coloque o pé. Entenda que nada é como queremos que seja.
A cama pode, sim, estar bagunçada.
Esse talvez seja o sentido de TUDO.
Sentir tudo.

Se te emociona, escreve:

A mensagem que recebi
desejei nunca ter respondido
A resposta que eu busquei
melhor não ter perguntado
A proposta que eu fiz
devia ter sido recusada

Aquela mão que eu pedi,
mas não tive forças pra segurar
A capacidade que achei possuir,
aquela de deixar ir
Ah... a mensagem que eu recebi
Se eu fosse mesmo capaz,
esqueceria que respondi

Se te emociona, escreve:

Hoje eu acordei me despedindo
mais um pouco de você
Dei adeus à sua voz por esses dias
Eu fui dando tchau por partes
ou não conseguiria
Tive que me despedir da sua companhia
Dos abraços que eu te dava e do sorriso que cê tinha
Hoje eu acordei me despedindo
mais um pouco de você
Esqueci o seu lado preferido da cama
Foi difícil não lembrar da sua boca
e dos seus olhos nesse fim de semana
Vou dando adeus devagar
Acabei de deixar ir...
você dizendo que me ama

Me ouça lendo

Se te emociona, escreve:

Domingo podia tranquilamente ser chamado de DOR - mingo.
Ele não é o último dia da semana.
É o primeiro.
Sempre assim.
Primeiro vem a DOR,
porque é dia de lembrar das
saudades que a gente sente.
Dia em que os pensamentos se tornam
um labirinto na mente.
Dá medo de não ser o suficiente
O nosso esforço pra fazer tudo diferente.
Amanhã, tudo de novo.
São mais 6 dias
Lutando pra ser resiliente.

Se te emociona, escreve:

Talvez eu seja um tipo de
pessoa misteriosa diferente
Daquelas que mostram
tudo que "sente"
A casa dez meio que entende
por que eu deixo o coringa
sempre aparente
Sem cartas na manga eu jogo
irracionalmente
Ninguém tá acostumado a ser
vulnerável ultimamente
Só quem é verdadeiro
entende
Que nenhuma máscara
é pra sempre
É... eu não consigo só mostrar
o meu lado reluzente.

Se te emociona, escreve:

Girei aquela maçaneta
na tentativa de abrir
Eu bati uma vez,
bati duas vezes...
Foram tantas. Parei de contar
Consumido pela raiva e pela frustração,
eu cheguei a dar socos
e chutes. Tudo em vão.
Ela ficou intacta e eu...
Eu me machuquei.
Em uma última tentativa,
usei tudo o que eu tinha pra arrombar.
Enfim, quem foi atravessado fui eu,
quem quebrou fui eu...
Não entrei em lugar nenhum.
Permaneci sem querer e ali mesmo fui
obrigado a passar dias e dias tentando
entender do que aquilo era
feito pra ser tão intransponível.

No fim das contas,
não há nada pra ser entendido...
não há o que ser aberto.
Eu apenas aceitei que aquela
PORTA quem trancou foi Deus.
Olhei ao meu redor e vi que ele
deixou algumas escancaradas enquanto eu
estava tentando fazer o impossível

A porta não foi fechada PRA MIM.
Aquela porta foi fechada POR MIM.

Se te emociona, escreve:

História, nossas histórias
Dias de luta
Dias de luta
Dias de luta
Dias de luta
Dias de luta
Dias de luta
Dias de luta
Dias de luta
Dia de glória
Dias de luta
Dias de luta
Dias de luta (...)*

* Poema inspirado na música *Dias de luta, dias de glória*, interpretada por Charlie Brown Jr., composta por Chorão e Thiago. Fonte: EMI Brasil.

Se te emociona, escreve:

Se você não for o amor da minha vida,
dessa minha vida,
eu terei que te procurar
nas outras que virão
Se você chegar primeiro,
você sabe que eu vou ficar perdido
Vou precisar da sua localização

Se não for você o amor da minha vida,
então eu tô no trem errado
Era pra eu ter descido
na próxima estação
Se não for você o amor da minha vida,
então eu me enganei de vida
Errei de vagão

Me ouça lendo

Se te emociona, escreve:

Viver sem intensidade
é como vir pra este mundo e não levar a sério
É querer aprender sem sufocar o ego
Entender o que é amar sem desvendar nenhum mistério
Ser espontâneo
e não ser sincero
Dizer que ama só quando tá tudo certo
é ouvir a música que mais gosta no volume zero.

Se te emociona, escreve:

Ir pra onde sem lugar pra voltar?
Chegar lá em cima sem ninguém pra segurar
E se eu cair?
Depois de tantos degraus pra subir?
Eu olho pro lado e, mesmo sem merecer,
vejo Suas mãos estendidas pra mim
Não há outro Porto
ELE é o Tesouro que eu precisava achar
A Fé é o mapa
Deus é GPS pra SE encontrar.

Se te emociona, escreve:

A vista é linda,
mas acho melhor fechar essa janela
É que dói muito ficar só olhando e não poder sair lá fora
Não escrevo sobre paisagem,
eu escrevo sobre você
Dói estar perto,
mas a vista...
a vista é linda

Se te emociona, escreve:

José Saramago disse:
"Se tens um coração de ferro, bom proveito".

Zé,
Quem te escreve agora sou eu
Também não tenho
um coração forjado, sabe?
Acho que o meu é do tipo
que se vende em qualquer açougue
"Me vê 1 kg de coração"
É real, vem sangrando e pulsando na sacola
que o vendedor pesou, amarrou e entregou a
quem quer que seja pra levar pra casa
Vão colocar em qualquer panela sem tampa,
deixar cozinhando em fogo baixo
e temperar a gosto
Agora eu vou num serralheiro:
"Me vê aí um novo coração"
Dessa vez, prefiro que seja de ferro

Se te emociona, escreve:

Eu sou muito,
muito mais que cê achou
Mais que muitos,
muito mais
“Mais ruim” não existe,
não é certo escrever assim,
mas poeta tem licença
“Mais maior” não existe,
mas eu escrevi
pra descrever
sua força
Mais que cê achou que tinha
Sinto muito
Mais que sinto,
eu espero
que você encontre menos

Se te emociona, escreve:

Não sei se eu te amo
ou se só amo as lembranças
da gente junto
Não sei se eu me encaixo ou
se eu só me esmago
pra caber e conseguir ficar junto
Essa falta de ar
é por ser peixe fora d'água
ou por mergulhar tão fundo?
Juro, o próximo texto eu não vou escrever sobre você
Vou escrever sobre labirintos,
que é quase o mesmo assunto

Me ouça lendo

Se te emociona, escreve:

Você esqueceu aquela pessoa
que você acabou de lembrar?
Esqueceu ou só não lembrou que ainda lembra?
Não dá pra lembrar do que não aconteceu
E não dá pra esquecer do que não se lembra
Eu não me lembro de me despedir
Como vou lembrar,
se dentro de mim você ainda não foi?
Acabei esquecendo de perguntar...
Quando é que você volta?
Eu fiquei por aqui,
esquecido
Só queria te lembrar

Se te emociona, escreve:

Meu superpERder é não conseguir me
teletransportar pra perto de você
Ser invisível, agora que
você decidiu não ver
Ter vidência
e não ter conseguido prever
Tentar ser homem de ferro
pro coração não doer
Talvez este seja meu superpERder:
ser o mais forte dos heróis
pra conseguir seguir sem você

Se te emociona, escreve:

Ser uma pessoa bonita
não tem mais relação com as roupas,
nem com o cabelo
Não é mais o corpo ou o sorriso
Grifes estão perdendo o valor
Luxo agora é encontrar amor,
lutar e continuar de pé
Ser lindo agora é ser forte,
ter emocional que suporte
enfrentar o mundo
sem perder a fé.

Se te emociona, escreve:

Tem coisas que a gente
nunca vai saber
As mensagens que você me
escreveu, mas não apertou "enviar"
O que eu pensei em
te dizer, mas já era tarde
pra falar
Se os nossos filhos puxariam mais
a mim ou a você
Se seria melhor não ter aparecido
E se aquele dia eu tivesse evitado
te conhecer?
É... tem coisas que a gente nunca
vai saber

Me ouça lendo

Se te emociona, escreve:

Eu sigo em frente
E ainda sou um pouco seu
Eu deixo esse pouco continuar
tentando
Esse pouco continua lembrando
Respiro, mas sigo esperando,
porque ainda sou um pouco seu
Deixo esse pouco sentir e pensar
coisas como:
“Será que em
um pouco de você ainda tem eu?”
AAAHHHHH!!!! A agonia de
perceber que,
de pouco em pouco,
eu já não sou todo meu
Eu ainda continuo sendo um
pouco seu

Se te emociona, escreve:

Partidas me partem o coração
Despedidas me despedaçam
Saudade não é nem machucado feio,
é um raladinho chato que arde
Rio que não dá pé
afoga a gente
Não vai e vem que nem maré,
só fica, insistente
Se você não lembrou de alguém
lendo até aqui,
não adianta escrever mais
Você não entende

Se te emociona, escreve:

Se existe caos,
existe a

*C*hance de
*A*char
*O*utra
*S*aída

Se te emociona, escreve:

Tem gente que vive pelo
fim de semana, e eu
entendo
É quando elas se vestem
de quem queriam ser
São os dias em que elas se
esforçam pra pertencer
Fazem amizade
pra não durar
Usam anestesia pra rir
das coisas que
as fazem chorar
É tão mais fácil esconder,
não precisar encarar
a ilusão que é ser feliz
só até o domingo acabar

Me ouça lendo

Se te emociona, escreve:

Um pouco da nossa tristeza
tá nessas telas
Onde todo mundo
aparece sorrindo
e não é feliz
Vem de rolar o feed
Se comparar
com quem finge
Quem não é o que diz
Acreditar nas fotos
e vídeos
Onde todo mundo
tem que ser ator ou atriz
A gente tá mais triste, é um fato
Saúde mental por um triz
Nós mudamos o conceito
do que é ser feliz.

Se te emociona, escreve:

Sinto muito
E é por isso que eu escrevi
O que eu não pude expressar cantando
escorreu pra dentro deste livro,
e graças a isso eu sobrevivi
Se você tá lendo isto,
é porque eu não explodi
Tanto sofrimento acumulado
agora tem capa e dentro
quase tudo que eu senti
(até aqui)

Se te emociona, escreve:

O autor de *O Pequeno Príncipe* escreveu em seu livro:

“Aqueles que passam por nós não vão sós.
Deixam um pouco de si. Levam um pouco de nós”.

Eu pensei sobre isso e escrevi:

Alguém ainda ri sozinho daquela piada ruim que aprendeu com você
Alguém ainda lembra das frases e repete palavras que você falou sem perceber
Alguém lembra de você quando algo bom acontece
E quando passa em frente àquele lugar
Alguém lembra que o seu sorriso foi importante quando não tinha mais ninguém, só você estava lá
Alguém ainda busca sentir o seu abraço quando tudo é frio
Lembra de você precisando de um auxílio
Alguém sentiu sua falta ontem antes de pegar no sono
E vai sentir hoje também
Às 6 da tarde
Vendo o sol se pondo

Se te emociona, escreve:

Meu amor se mudou
Tentei mudar, juro
Quem tinha que ter mudado era eu?
Quem sabe?
Vai que tudo muda e você resolve ficar
Meu amor se mudou
Mudou pra longe
Agora distante,
tive que tomar outro rumo
Não mudo mais por ela
Vou me mudar
por mim

Se te emociona, escreve:

Devia ter tirado mais fotos
com você enquanto eu podia
Eu devia ter filmado mais o seu sorriso
todas as vezes que você ria
Devia ter te observado mais
enquanto dormia
Queria eu poder ser o seu super-herói
todos os dias
Ter mais 100 anos ouvindo seu bom-dia

Isso, se não fosse tudo premeditado
Se não fosse parte do nosso aprendizado
Se não tivesse sido escrito
pelas mãos de Deus.

Se te emociona, escreve:

Não sei amar pouco
Me apaixono e escrevo este tipo de livro
Tenho insônia enquanto ela tá dormindo
Se não me sufoca, não consigo respirar
Amar pouco é pra quem
só tá existindo
Se vivo, é porque tô sentindo
Se morro, é porque ela não está
Não sei amar pouco
Já deixo claro:
se não for pra me escutar no talo,
nem me coloca pra tocar

Se te emociona, escreve:

Nem na terapia
Nem no dicionário
Nem em um milhão de livros
Vai existir resposta

Nem as músicas mais lindas que ouvi
Ou aquelas histórias de romance que eu li
Arrepiam como a nossa

Acho que a gente tinha que ser estudado
Provar que Newton tava errado
E que dois corpos ocupam um mesmo lugar

É que nem tudo pode ser explicado
Tipo quando meu coração e o seu se encontraram
E puderam se atravessar

Se te emociona, escreve:

O que o amor vira
quando termina?
Um buquê que não vai ser jogado pra trás?
Sobrenome que não vai mudar mais
O vestido de noiva que não foi escolhido?
O que o amor vira quando termina?
Um sim que nunca vai ser dito
Fim dos planos de um filho
Esperar pelo Natal e o Noel adiar

O que o amor vira
quando termina?
Sinto que eu sonhava, mas alguém me acordou
Gritei com toda força e ninguém escutou
Achei uma felicidade que não era a minha
O que o amor vira
Quando termina?
O pra sempre que não vingou
Um te amo profundo que se afogou
A minha mãe que ficou sem netinha

Se te emociona, escreve:

Nada é realmente nosso
Nunca mais vou ter meus 30 e poucos
Um dia desses eu já não vou ter o mesmo rosto
E a energia dos seus 27 vai ter acabado

Nada é definitivamente nosso
Nossa casa um dia vai ser demolida
E essas roupas que te deixam linda
Vão guardar até faltar espaço

Tudo será devolvido um dia
Só o tempo e o amor nos pertencia
O resto sempre foi emprestado

Se te emociona, escreve:

Acreditamos
nos livros

Este livro foi composto em Proxima Soft e
impresso pela Lis Gráfica para a Editora Planeta
do Brasil em outubro de 2025.